FRÉDÉRIC MISTRAL

ET LA

LITTÉRATURE PROVENÇALE

PAR

HENRI SCHOEN
DOCTEUR ÈS-LETTRES
PROFESSEUR AGRÉGÉ DE L'UNIVERSITÉ

J'aime mon village plus que ton village
J'aime ma Provence plus que ta province
J'aime la France plus que tout.
FÉLIX GRAS.

Lou Soulèu me fai canta.
Devise du blason de Mistral.

PARIS
LIBRAIRIE FISCHBACHER
33, RUE DE SEINE, 33

1910

FRÉDÉRIC MISTRAL

ET LA

LITTÉRATURE PROVENÇALE

DU MÊME AUTEUR :

François Coppée, L'homme et le poète, Paris, Fischbacher, 1909. 2 fr.

Victorien Sardou et Constant Coquelin, Paris, Fischbacher, 1910.

Coppée intime, 1909

La Métaphysique de Lotze ou **La Philosophie des actions et des réactions réciproques,** 1 vol. gr. in-8°. Paris, Fischbacher, 1902 . . . . 7 fr. 50

Hermann Sudermann, poète dramatique et romancier, Paris, Didier, 1904 . . . . 3 fr 50

Le théâtre populaire en Alsace, gr. in-8°, Paris, Fischbacher, 1903 . . . . 2 fr.

Les origines historiques de la théologie et de la philosophie de Ritschl, 1 vol. gr. in-8° Paris, Fischbacher, 1893 . . . 3 fr. 50

Ernest Renan, dans la Revue *Zeitschrift für Philosophie und Pædagogik*, 1894, n^{os} I et II.

Leçon d'ouverture d'un Cours de littérature allemande sur la *Période de Crise* (*Sturm- und Drang-Periode*), gr. in-8°, Paris, Fischbacher, 1895 . . . . 1 fr.

L'origine de l'Apocalypse de saint Jean. — 1re partie : Les nouvelles hypothèses sur l'origine de l'Apocalypse. — 2e partie : Le problème de l'origine de l'Apocalypse et sa solution. — 1 vol. gr. in-8°, Paris, Fischbacher, 1887 . . . . 3 fr. 50

L'hypothèse d'une apocalypse juive et les objections qu'elle soulève. Paris, Fischbacher, 1888. . . . . 0 fr. 50

De tenore, sensu, origine trium primorum versuum apocalypseos. Paris, Fischbacher, 1893 . . . . 2 fr.

Die Franzœsischen Hochschulen seit der Revolution, *Ein Beitrag zur Geschichte der franzœsischen Universitæten.* Munich, 1896. 1 fr. 90 (Mark 1.50)

Recent Reform of Secondary Education in France. Londres et New-York, 1903. . . . . 1 fr. 50

Traditionelle Lieder und Spiele der Knaben und Mædchen zu Nazareth, dans la collection *Pædagogisches Magazin*, vol. 138, Langensalza, 1900 . . . . 0 fr. 60 (50 Pf.)

Das Wesen des Sittlichkeit, 1909.

Quid boni periculosive habeat Gœthianus liber qui Affinitates electivæ inscribitur. Paris, Fischbacher, 1902 . . . . . . 2 fr.

Le Lycée français de Berlin. Paris, 1907 . . . . 0 fr. 60

Les nouveaux cours de morale sexuelle en Allemagne, 1907. 0 fr. 60

Sully Prudhomme intime, dans *La Revue*, Paris, 1908.

L'Enseignement supérieur technique en Allemagne, 1909 . . 1 fr.

L'Enseignement supérieur technique en Suisse et en Autriche, 1909 . . . . 1 fr.

Les nouvelles Universités commerciales en Allemagne, 1909. 0 fr.50

Les institutions allemandes à Paris, 1909 . . . . . . 1 fr. 25

20957. — M. Weissenbruch, imprimeur du Roi, 49, rue du Poinçon, Bruxelles.

FRÉDÉRIC MISTRAL

ET LA

LITTÉRATURE PROVENÇALE

PAR

HENRI SCHOEN

DOCTEUR ÈS-LETTRES

PROFESSEUR AGRÉGÉ DE L'UNIVERSITÉ

J'aime mon village plus que ton village
J'aime ma Provence plus que ta province
J'aime la France plus que tout.

FÉLIX GRAS.

Lou Soulèu me fai canta.

(Devise du blason de Mistral.)

PARIS

LIBRAIRIE FISCHBACHER

33, RUE DE SEINE, 33

1910

Extrait de la REVUE DE BELGIQUE

Il n'y a certainement pas, dans la littérature générale de notre temps, beaucoup d'études aussi dignes d'intérêt que celle du réveil des littératures provinciales en Europe. Ces « résurrections littéraires », ces « réveils linguistiques », issus de ce qu'on a appelé « le sentiment de race en Europe » (¹), sont l'une des manifestations les plus curieuses et aussi les plus fécondes de notre époque. Depuis une trentaine d'années, des littératures régionales se sont développées dans la plupart des pays civilisés. Pour la France, ces tentatives ont une signification qui dépasse de beaucoup le domaine de la littérature pure. Elles indiquent que le moment est passé, où l'on avait réussi à centraliser à Paris l'élite de tous les tatents et ce qu'il y avait de meilleur dans tous les genres. Désormais, on ne peut plus dire, avec Heine, que la terre de France est « un jardin dont toutes les fleurs ont été coupées, pour être réunies en un bouquet qui est Paris ». Et

(¹) Paul Mariéton, l'historien le plus distingué des poètes provençaux contemporains.

cette renaissance de la vie régionale sera un bienfait pour le pays tout entier, qu'une centralisation excessive risquait d'anémier. La capitale ne perdra rien de sa vie intense, de son éclat littéraire et artistique, mais elle ne sera plus seule à vivre et à prospérer aux dépens de centres régionaux qui ont derrière eux des traditions, une histoire et une littérature aussi anciennes, plus anciennes parfois que l'antique Lutèce elle-même.

CHAPITRE PREMIER

MISTRAL ET LA PROVENCE

C'est parce que Frédéric Mistral représente, en France, le réveil de la littérature méridionale, qu'il est actuellement, non seulement le poète le plus célébré, mais l'homme le plus populaire du Midi. Son histoire est inséparable de celle de la littérature provençale dans son ensemble. Aux yeux de tous, l'auteur de *Mireille* incarne en quelque sorte la Provence entière, avec ses chansons, sa gaieté, ses traditions, son ciel d'azur, le parfum enivrant de ses plaines et de ses coteaux. « Ame de mon pays », dit-il dans une invocation lyrique à la Provence, dont une traduction en prose ne peut donner qu'une faible idée,

... Ame de mon pays bien-aimé,
Toi qui rayonnes, éclatante et fière,
Dans son histoire et dans sa langue,
Toi qui sauves pour nous l'espérance,
Ame éternellement renaissante,
Toi qui rajeùnis en nous le sang des ancêtres,
Ame joyeuse, vive et indomptable,
Qui parles dans le murmure du Rhône et de son vent !
Ame des bois pleins d'harmonie
Et des calanques [1] inondées de soleil,
De la patrie âme pieuse,
Je t'appelle !... incarne-toi dans mes vers provençaux !

(1867)

[1] Petites baies creusées par la mer sur la côte méditerranéenne.

Les fêtes récentes du cinquantenaire de *Mirèio* ont été à la fois la glorification d'une race et l'apothéose d'un homme qui en a été poétiquement la plus haute expression. Comme le rappelait avec raison M. Dujardin-Beaumetz, à l'inauguration de la statue de Mistral, ce poète est l'un des rares artistes contemporains qui n'ont eu ni prédécesseurs, ni modèles; *il est en quelque sorte*, s'est écrié le sous-secrétaire d'État, *la floraison même du génie provençal*. Laisse, dit le poète à sa muse,

Laisse les autres s'élever
Par la ruse ou par le commerce ;
Que d'autres remportent des victoires
Par les armes et par le tumulte ;

Toi, ô ma Provence, trouve et chante !
Et, célèbre par la lyre ou le ciseau,
Répands autour de toi tout ce qui charme,
Tout ce qui s'élève vers le ciel.

Aujourd'hui, le mouvement littéraire s'est propagé jusqu'aux extrémités du pays d'Oc; là où il n'a pas encore fait naître des poètes de talent, comme AUBANEL en Provence, des prosateurs distingués, comme ROUMANILLE, le charmant conteur d'Avignon, des poètes de la nature ou de l'histoire, tels que LANGLADE en Languedoc et l'abbé ROUX dans le Limousin, il a du moins suscité des partisans assez enthousiastes pour grouper les bonnes volontés, pour habituer le public à l'idée qu'il ne faut pas mépriser un idiome qui est l'expression des mœurs, des sentiments, des traditions de tout un peuple.

Mais l'âme de tout le mouvement depuis soixante ans a toujours été Frédéric Mistral. Cette activité patriotique, dont le fruit magnifique a été la création du *Musée Arlaten*, ce *Palais du Félibrige*, est le lien entre tous les travaux et tous les efforts de sa vie entière. Tour à tour poète lyrique, conteur, historien, poète épique, orateur, philologue, poète dramatique, Mistral est resté avant tout *poète provençal*. L'amour de sa petite patrie est le caractère dominant de son œuvre. C'est pour faire triompher l'idéal qu'il considérait comme l'idée directrice de sa vie entière, c'est-à-dire le relèvement de la langue provençale et la glorification de sa Provence, qu'il a vécu et travaillé.

D'une race qui germe de nouveau
Peut-être sommes-nous les premiers jets;
De la patrie que nous chérissons
Peut-être sommes-nous les piliers et les chefs.

Différent en cela de JASMIN, qui se proclamait le dernier poète de la langue d'oc, Mistral a toujours eu une foi inébranlable dans la vitalité de sa langue maternelle et dans l'avenir de la littérature provençale.

Verse-nous les espérances
Et les rêves de la jeunesse,
Le souvenir du passé
Et la foi dans l'an qui vient.
Coupe sainte et débordante
Verse à pleins bords,
Verse à flots
Les enthousiasmes et l'énergie des forts.

Verse-nous la connaissance
Du Vrai et du Beau,
Et les hautes jouissances
Qui se moquent du tombeau.
Coupe sainte... etc.

Verse-nous la poésie,
Pour chanter tout ce qui vit,
Car c'est elle l'ambroisie
Qui transforme l'homme en dieu.
Coupe sainte... etc.

CHAPITRE II

LES ANNÉES D'ENFANCE

Comme il convient à un poète de la campagne et de la nature, Mistral n'est pas un enfant des grandes cités. Parmi les hommes illustres de notre époque, il est du petit nombre de ceux qui n'ont jamais pu se décider à se fixer en ville. Il est né le 8 septembre 1830, dans un *mas* (1) du petit village de Maillane, qui, sans lui, serait resté totalement inconnu. C'est là que s'est déroulée sa carrière poétique dans une simple et gracieuse maison de campagne, qu'il n'échangerait pas contre le plus bel hôtel des Champs Elysées.

Ses origines, comme ses années d'enfance et de jeunesse, tout le préparait à devenir le poète national de la Provence. Aussi loin que nous pouvons suivre leurs traces dans le cours des siècles, nous rencontrons ses ancêtres dans le sud-est de la France. Sa famille, très ancienne et anoblie, était originaire du Dauphiné et se fixa à Saint-Rémy de Provence dès le XVIe siècle. C'est le chanoine Nicolas Mistral qui construisit, en 1535, l'édicule funéraire, le *Pendentif* de Valence. Le père du poète était un propriétaire de campagne qui, après avoir combattu pour la défense de son pays, s'occupait lui-même de ses champs et de ses moissons. Il avait 55 ans et était remarié depuis un an, lorsque Frédéric naquit. Il est resté pour le poète le type du maître intègre et vénéré, le *Sage* dans toute la force du terme. L'enfant fut bercé par sa mère de chansons provençales, de rêves poétiques et de contes populaires. Plus rapprochée de

(1) Ferme, propriété, villa du Midi.

son fils que de son mari par l'âge et le caractère, celle-ci entoura Frédéric de l'affection la plus tendre et le prit comme confident, dès qu'elle dut cesser de le traiter en enfant gâté. Il y a, à ce point de vue, dans les années d'enfance et de jeunesse de Mistral, une préparation poétique analogue à celle de Goethe et sur laquelle on n'a pas encore insisté. Elle aboutira au même épanouissement harmonieux et complet de toutes les facultés de l'homme et du poète. Comme l'auteur de *Faust* et avec non moins de vérité, Mistral pourrait dire :

Vom Vater hab'ich die Statur,
Des Lebens ernstes Führen,
Vom Mütterchen die froh' Natur,
Die Lust zu fabulieren.

Comme Goethe dans *Vérité et Poésie*, Mistral nous a raconté ses années d'enfance et de jeunesse ; c'est d'abord son éducation première, sous l'influence d'un christianisme large et sincère, qu'il nous a décrite avec une simplicité touchante et une émotion communicative dans les premières pages des *Iles d'Or* (1875) ; ce sont ensuite les années de jeunesse, les premières émotions et les premières déceptions, les difficultés du début et la joie des premiers succès que le poète vient de nous raconter dans des *Mémoires* qui, en leur genre, ont autant de valeur littéraire et morale que l'autobiographie de Goethe et que les *Souvenirs d'enfance et de jeunesse* de Renan.

Dans les *Mémoires*, comme dans les *Iles d'Or*, on voit combien l'enfant était sensible, non seulement aux charmes et aux douceurs du foyer, mais aussi à toutes les beautés de la nature méridionale et aux plaisirs de la vie champêtre. C'est parce qu'il a grandi au milieu des enfants de la campagne, des chants de la cigale, des plantes, des fleurs et des parfums du Midi, sous les rayons d'un soleil ardent, que toutes ces choses ont pénétré dans son âme de poète et sont devenues une partie intégrante de ses chants.

CHAPITRE III

LES ANNÉES DE JEUNESSE

Il ne faudrait pas croire, cependant, que le grand rénovateur de la littérature provençale se soit développé indépendamment de la culture classique, comme un simple et fruste enfant de la nature.

D'autres poètes provençaux n'ont reçu que l'éducation populaire et ont réussi à nous donner des fragments originaux ou émouvants. Mais, pour devenir le législateur d'une langue et d'une littérature, il faut plus que de la facilité naturelle : il faut le jugement sûr et le goût éprouvé que donnent les études sérieuses.

Chez Mistral, les humanités classiques se sont unies harmonieusement à l'éducation saine et populaire de la campagne. Elles lui ont donné un goût et un sens artistique qui, seuls, lui ont permis de donner à ses œuvres une forme définitive.

A l'âge de dix ans, le jeune Frédéric fut envoyé à l'école, puis dans un pensionnat d'Avignon, où il fit ses études classiques.

On devine combien fut pénible pour notre petit Provençal la transition de la libre existence de la campagne à la vie recluse des internats. Ce qui le consola d'être privé d'espace, d'air pur et de liberté, ce fut le plaisir qu'il trouvait aux descriptions poétiques que les auteurs anciens ont faites des charmes de la campagne. D'instinct il s'attachait aux tableaux éternellement beaux de la vie rurale, et c'est sur ces peintures gracieuses et poétiques que se concentraient tous les goûts qui ne pouvaient plus être satisfaits par les beautés du monde réel.

C'est là, à Avignon, que la poésie provençale se révéla au jeune écolier de 15 ans.

En 1845, un jeune homme de Saint-Rémy fut nommé professeur au pensionnat de Mistral. Il écrivait des vers provençaux aussi corrects quant à la forme que populaires quant au fond. C'était déjà la réunion de l'art et de la poésie populaire qui sera le but des aspirations de Mistral.

Le jeune professeur s'appelait Joseph Roumanille. Il venait de débuter dans une petite revue de Marseille, *Lou Boui-ibaisso*, dans laquelle il s'était fait remarquer par l'élévation des sujets et la pureté de la langue (1). Sa culture classique, unie à un sentiment très vif des beautés de la nature et de la poésie populaire, l'avait admirablement préparé à arracher la langue provençale au mépris dont elle était l'objet.

Selon la charmante habitude des professeurs français, Roumanille aimait à récompenser ses élèves en leur lisant quelque chose qui sortait un peu du programme obligatoire des cours. Quand il s'agissait de faire plaisir aux écoliers et de leur ouvrir des horizons nouveaux, il ne croyait ni démériter, ni déchoir, en leur lisant des vèrs populaires de sa composition en provençal. Il achevait ses *Margarideto*, ces « douces et charmantes chansons, si honnêtes surtout, bien différentes des sales banalités qui amusaient les badauds » (2), et ne put résister au plaisir d'en lire les plus beaux passages à ses jeunes élèves.

Ce fut une révélation pour Mistral. On juge de son enthousiasme. Lui qui, dès l'âge de 12 ans, s'était senti intérieurement révolté du mépris que ses jeunes camarades affichaient pour la langue, pour le « patois » de sa chère Provence, lui qui, en cachette, composait des vers provençaux, entrevoyait maintenant ce qu'un artiste véritable pourrait tirer de ces accents sonores et vibrants qui lui étaient chers et qui retentissaient si har-

(1) Voir l'ouvrage capital de M. G. Jourdanne sur l'*Histoire du Félibrige*, Avignon, 1897, p. 50-54, 80 sq., 213-214, 243, 305.

(2) Lettre de Roumanille lui-même à son ami Duret, juin 1857.

monieusement sur les lèvres de sa mère ou des petites filles de Maillane.

Dans une lettre touchante à l'un de ses amis, l'auteur des *Margarideto* écrit au sujet de son ancien élève : « J'ai traité Frédéric comme un père traite son enfant et j'ai enlevé sur son chemin toute pierre sur laquelle eût pu se heurter son pied. »

Joseph Roumanille fut donc pour Mistral ce que Catulle Mendès fut pour Coppée : le maître qui lui indiqua la voie où ses facultés naturelles aussi bien que ses aptitudes acquises auraient le plus de chances de fructifier et de se développer harmonieusement.

Le poète des *Iles d'or* a eu parfaitement conscience de ce qu'il devait à ce maître dévoué :

« A peine m'eut-il montré, écrit-il, ces gentilles fleurs des prés dans leur nouveauté printanière *qu'un beau tressaillement s'empara de tout mon être, et je m'écriai : Voilà l'aube que mon âme attendait pour s'éveiller à la lumière.* J'avais bien, jusque là, lu quelque peu de provençal; mais ce qui me rebutait, c'était de voir que notre langue était employée en manière de dérision... Roumanille, le premier sur la rive du Rhône, chantait, dans une forme simple et fraîche, tous les sentiments du cœur... Embrasés tous deux du désir de ressusciter le langage maternel, nous étudiâmes ensemble les vieux livres provençaux, et *nous nous proposâmes de restaurer le parler natal selon ses traditions et selon ses caractères ethniques :* ce qui s'est accompli depuis lors avec l'aide et le bon vouloir de nos frères les Félibres. »

Cet idéal que Roumanille lui avait fait entrevoir, Mistral chercha à le réaliser dès que ses études secondaires furent terminées.

A peine de retour à Maillane, il composa un poème en quatre chants, *Li Meissoun* (1848), dont quelques strophes nous ont été conservées dans les notes de *Mireille* et dans les *Iles d'or*.

Mme Mistral encourageait le jeune homme et admirait les premiers essais de sa muse. Le père du poète, désirant que son fils eût une situation, et comprenant que ses goûts le poussaient vers les travaux de l'esprit, l'envoya à la faculté de droit d'Aix.

Dans l'ancienne capitale de la Provence, Mistral consacra plus de temps au rêve et à la poésie qu'au droit romain et au code civil. Le calme et le recueillement de la petite ville, les nombreux souvenirs qui la rattachent à un glorieux passé, les innombrables œuvres d'art et les riches bibliothèques qu'elle contient, tout contribua à confirmer chez le jeune homme la résolution d'élever sa langue maternelle au rang de langue littéraire.

CHAPITRE IV

LES DÉBUTS DU FÉLIBRIGE

C'était le moment où Roumanille réunissait les principaux poètes de la langue d'oc comme collaborateurs d'un journal d'Avignon, *La Commune*. Mistral était devenu de plus en plus le confident et l'auxiliaire de ses projets. Bientôt tous deux n'eurent plus qu'un but unique : la réhabilitation de la langue de leur province.

Mais il s'agissait de distinguer entre les poètes de valeur et les rimeurs de cabarets populaires. Mistral surtout voulait écarter les auteurs médiocres et n'admettre que des écrivains de mérite. « La colère de M. Mistral me charme, écrit à cette époque Saint-René Taillandier dans une lettre intime, *voilà un vrai poète qui prend au sérieux cette renaissance de la poésie provençale. Il sent vivement les tristes destinées de cette langue qui a donné l'essor à toutes les littératures nationales de l'Europe*, et il siffle les mauvais poètes. Voilà un digne héritier des maîtres du XIIe siècle. » (1851.)

C'est alors que Mistral et Roumanille firent paraître le premier recueil de poètes d'oc, sous le nom de *Li Prouvençalo* (1852). Mistral avait composé deux petits poèmes pour introduire les œuvres des autres collaborateurs, et Roumanille avait écrit une introduction savante pour justifier la publication d'œuvres oubliées il est vrai, mais dignes d'intérêt par leurs droits séculaires.

Comme suite à ce manifeste, Roumanille convoqua, la même

année, le premier *Congrès provençal*. Une trentaine d'écrivains se réunirent à Arles et chargèrent leur président de publier un code de l'orthographe provençale (*Préface des Sounjarello*).

C'était là, en effet, la grande difficulté à surmonter. Pour créer une littérature provençale, la première condition à remplir était de fixer l'orthographe d'une langue qui, jusqu'alors, avait été utilisée surtout pour le chant et dans la conversation orale, et dont la reproduction sur le papier était abandonnée au bon ou au mauvais goût de chaque auteur.

Dès 1853, un second Congrès se réunissait à Aix et décidait la publication d'un nouveau recueil collectif, *Lou Roumavagi dei Troubaire*. Ce dernier mot était le nom qu'on donnait alors aux réformateurs de la langue provençale. C'est Mistral qui, à l'assemblée célèbre de *Fontségugne*, leur donna le premier le nom mystérieux de *Félibres* (1). Sept poètes provençaux y formèrent le noyau d'une association dont le but était la renaissance littéraire, linguistique et sociale de la Provence et de tout le midi de la France.

Ces chanteurs, dit Paul Mariéton (2), étaient des apôtres; quelque chose comme un vaste embrasement du Midi s'annonçait...

> Et la mer aux flots bleus, la mer harmonieuse,
> — Sur le rivage d'or où depuis cinq cents ans
> L'âme de la Provence était silencieuse, —
> Se tut, pour écouter un chœur de paysans.

(1) D'après le témoignage de Mistral lui-même, le mot *félibre* est tiré d'un récitatif qui se répétait autrefois dans les familles provençales en guise d'oraison. Plusieurs étymologies ont été proposées : φίλαβρος, ami du beau ; φιλεβραῖος, ami de l'hébreu = docteur de la loi ; *qui facit libros*, qui fait des livres ; *libre dans sa foi* ou *homme de la foi libre ; felibris* ou *fellebris*, nourrisson, selon Ducange (de fellare, téter, d'où filius); d'autres critiques y voient l'irlandais *filea*, barde, et *ber*, chef. D'après Jeanroy (*Romania*, XXIII, p. 463) *félibre* proviendrait de l'espagnol *féligrès* = *filii Ecclesiæ*, paroissiens, fils de l'Église. Étant donnée l'origine espagnole de l'oraison provençale, je pencherais vers cette solution.

(2) *Poètes provençaux contemporains*, par Paul Mariéton, Paris, sans date, p. 1.

Le Félibrige était né. Et Gaston Paris va pouvoir écrire dans le *Journal des Débats :* « Des politiques à courte vue peuvent seuls négliger de pareils symptômes; il y a dans l'histoire bien des événements considérables qui ont eu une origine analogue. »

CHAPITRE V

L'ALMANACH PROVENÇAL

Le premier organe vraiment populaire du Félibrige fut l'*Armana prouvençau* (1855), dans lequel Mistral publia quelques-unes de ses plus gracieuses poésies. Elles se répandaient, dès la fin de décembre, dans tous les *mas* du Midi, « comme les meilleures nouvelles du bel an de Dieu ». Tel ce gracieux tableau de la petite Arlésienne, descendant en baissant les yeux les marches de Saint-Trophime :

Les Saints de pierre, la voyant
Sortir tous les jours la dernière
Sous le porche resplendissant
Et s'acheminer dans la rue,

Les Saints de pierre, bienveillants,
Avaient pris la fillette en grâce,
Et quand, la nuit, le temps est doux,
Ils parlaient d'elle dans l'espace...

Pendant plus d'un demi-siècle, Mistral fut l'âme du mouvement provençal; il demeura, avec Roumanille, l'un des principaux collaborateurs de l'almanach, qui faisait lentement l'éducation du peuple en épurant son goût, en lui apprenant à faire la distinction nécessaire entre les expressions triviales et les termes dignes d'une littérature définitive, et surtout en lui montrant que la langue, longtemps dédaignée, de la petite patrie, ne le cédait en rien à la langue littéraire de la grande patrie. « Nous sommes », lisons-nous dans une charmante chanson qui ouvre, comme un manifeste expressif et entraînant, le premier almanach félibréen de 1855, devenu fort rare aujourd'hui :

Nous sommes tous des amis, des frères,
Nous sommes les chanteurs de la terre natale ;
Tout enfant aime sa mère,
Tout oiselet aime son nid.
Notre ciel bleu, notre petit pays,
Sont pour nous un paradis.

Refrain :

Nous sommes tous des amis gais et libres,
Qui chérissons la Provence ;
C'est nous qui sommes les Félibres,
Les gais Félibres provençaux.

Tout en publiant des contes pleins de gaieté et des rimes d'or dans l'*Armana prouvençau*, Mistral commençait à publier ces lumineux aperçus sur l'histoire et la langue provençales, dont les œuvres ultérieures furent le magnifique développement. Traitant sans effort les sujets les plus familiers, il décrivait les anciennes traditions, les légendes des aïeux, les recettes des mères-grands, les anciens remèdes de famille, en un mot tout ce qui constitue la vie populaire en Provence. On a dit avec raison que le grand poète se faisait volontairement l'instituteur de son peuple, et c'est ainsi qu'il commençait à remplir le double rôle qui semblait lui avoir été assigné : celui de devenir en même temps le poète des sentiments les plus humains et le représentant le plus sincère d'une province qui, malgré les lois implacables permettant aux plus puissants organismes d'absorber les plus faibles, a fidèlement conservé, à travers les siècles, son originalité et sa langue.

CHAPITRE VI

MIREILLE ET LA CONSÉCRATION DE L'OEUVRE PATRIOTIQUE

Une chose manquait encore pour permettre au provençal d'acquérir droit de cité parmi les littératures de l'Europe méridionale. La théorie ne suffit pas. Il fallait consacrer les préceptes par une œuvre définitive et montrer que la valeur esthétique et la beauté littéraire de la langue des félibres n'étaient pas un vain mot.

Mirèio (1859) fut pour la littérature provençale ce que la traduction de la Bible de Luther fut pour le Haut allemand moderne. Ce ne fut pas seulement la consécration de la réforme entrevue par les apôtres du *Félibrige*, ce fut l'expression la plus artistique et en même temps la plus populaire et la plus vraie des mœurs de toute une province.

Aujourd'hui que la cause des littératures provinciales est définitivement gagnée, nous avons de la peine à nous représenter l'émotion soulevée par cette épopée en douze chants chez ceux-là même qui ne croyaient pas à la résurrection de la littérature provençale. Ce fut une révélation non seulement pour le Midi, mais pour la France entière et pour tous les pays qui s'intéressent à sa littérature. Car, selon quelques beaux vers récemment composés par Marye de Sormiou et déclamés, le 30 mai 1909, par Mounet-Sully, dans les arènes d'Arles :

> C'était la voix, ô terre et sauvage et câline,
> De la campagne aux doux roseaux et du désert
> Sur qui Phébus traça la légère colline
> — Ce mirage, là-bas, sous le voile des airs !

C'était le gazouillis de l'âme provençale...
— O trille de mésange aimant sous le mûrier ! —
De la vive « chatouno » à l'aile de cigale
Qui tend la branche verte aux lèvres du vannier...

C'était — la simple voix plus divine qu'aucune
De celles inspirant les poèmes humains, —
Le silence des Craus où le rayon de lune
Conduit aux Saintes d'or l'amante sans chemins.

Faut-il chercher une part de vérité historique dans cette épopée d'une simplicité antique, chantant les amours de Mireille et de Vincent, depuis le moment où la jeune fille sert au vannier un plat de fèverolles, jusqu'à celui où les deux amoureux se retrouvent une dernière fois comme deux lis couchés sur le même roc après un débordement du Rhône dans le jardin de la Crau ? « Peut-être mon poème, nous dit l'auteur, fut-il la reconstitution d'un roman véritable, deviné par intuition... Mais, en vérité, je n'avais pas de plan. Je m'étais proposé de faire naître une passion entre deux beaux enfants de la nature provençale, de conditions différentes, puis de laisser à terre courir le peloton, comme dans l'imprévu de la vie réelle, au gré des vents ! »

L'odyssée de Mireille n'est donc pas historique. L'héroïne est plutôt une synthèse qu'un personnage réel. Elle est la pauvre Louise qui s'éprit du poète lors de son premier séjour au *mas* du Juge, qui l'aima sans espoir, prit le voile et mourut ; elle est la jeune fille d'Aix qui lui accorda ses plus gracieux sourires sur les *Cours* ombragés de la vieille capitale ; elle est l'enfant du peuple qu'il voyait dans ses rêves, galopant sur un fier coursier ; elle est la sœur des magnanarelles et des Maillanaises qu'il voyait travailler non loin du *mas* paternel, et dont il disait un jour à Gaston Paris : « Voilà mes modèles, voici Mireille [1]. »

Car Mireille, ce n'est pas seulement telle ou telle jeune fille tuée par l'amour contrarié, — c'est la Provence tout entière. « Un pays est devenu un livre. » De la simple idylle d'une jeune Provençale, qui n'était « que le raisin de la Crau qu'avec toutes

(1) Voir la belle étude de Gaston Paris dans *Penseurs et Poètes*.

ses feuilles offre un paysan de Provence », Mistral a su faire, non seulement le poème d'un pays, mais le poème des cœurs aimants.

Un jugement célèbre de Lamartine nous donne une idée de l'enthousiasme général :

« Un grand poète épique nous est né, dit-il dans ses *Entretiens littéraires,* un vrai poète homérique... une poète né, comme les hommes de Deucalion, d'un caillou de la Crau ; — un homme primitif dans notre âge de décadence; *un poète qui crée une langue d'un idiome,* comme Pétrarque a créé l'italien; un poète qui, d'un patois vulgaire, fait un langage classique d'images et d'harmonie, ravissant l'imagination et l'oreille... » Et, dans une lettre à Reboul, le grand poète ajoutait : « Rien n'avait encore paru de cette sève, nationale, féconde, inimitable du Midi. Il y a une vertu dans le soleil. »

L'enthousiasme de Lamartine fut partagé dans l'Europe entière, et les plus sceptiques à l'égard du mouvement provençal furent convertis. La cause des Félibres était définitivement gagnée, et Albéric Second, jusque là indifférent à la cause de la Provence, écrivait dans l'*Univers illustré :* « La lecture de *Mirèio* m'a fait pleurer mes dernières larmes. »

Car *Mireille* est avant tout une voix du cœur qui va droit au cœur, un livre ému qui fait naître la sympathie et dont les vers réussissent mieux que la prose à rendre l'émotion communicative.

> Beaux vers, nous vous devons nos larmes les meilleures !

dit Émile Rippert dans une poésie récente,

> C'est un livre aussi beau que les trois mois d'été;
> Un figuier merveilleux sur les pages incline
> Ses fruits lourds de soleil, d'amour et de beauté.
>
> C'est un livre aussi bleu que, ce soir, la colline;
> C'est un livre où le Rhône et le vent de la mer
> Mêlent leur grand murmure et leur odeur saline...
>
> Simples vers ingénus, candides, ils n'ont l'air
> Que de vouloir aller vers les pauvres demeures,
> Et voici que le monde écoute leur chant clair.

CHAPITRE VII

IMPORTANCE NATIONALE ET INTERNATIONALE DE MIRÉIO

Tout a été dit et redit, depuis Lamartine, sur le charme rustique, la simplicité populaire et pourtant savante, l'art sobre et discret de *Mirèio*. Mais l'importance de cette épopée du Midi est ailleurs. Elle a fait plus que d'enrichir la littérature française d'un chef-d'œuvre nouveau. Elle a une signification générale dans l'histoire du pays tout entier. Elle consacre définitivement l'avènement d'une littérature longtemps dédaignée, à côté de sa sœur plus favorisée par les circonstances extérieures. Elle est comme le baptême d'une langue qui, depuis les premiers essais de Roumanille, s'essayait à naître. Elle signifie que, désormais, les littératures régionales ou provinciales auront droit de cité à côté de la littérature générale.

Et l'élan une fois donné va se propager en Bretagne, dans les pays basques, dans les Marches de l'Est, et bien au delà des frontières de la France. On comprendra qu'à côté des grandes littératures nationales, les littératures régionales ont leur place légitime, et qu'elles contribuent, elles aussi, à enrichir le patrimoine d'une race et d'un peuple. D'un bout à l'autre de l'Europe, les traditions nationales vont être remises en honneur; les influences locales reprendront leur pouvoir; les souvenirs des âges anciens vont se ranimer; des idiomes que l'on croyait morts seront retrouvés comme par miracle. Des races entières, corrigeant les arrêts de l'histoire, iront chercher dans la poussière des siècles leurs titres déchirés, leurs droits négligés, leur langue oubliée, leurs institutions abolies, pour reconquérir une place au soleil; et nous verrons renaître ce qu'il y a peut-être de plus beau et de plus touchant dans toute l'histoire littéraire : le culte des mœurs d'autrefois et de l'ancienne langue, le sentiment filial des choses passées, le respect, non seulement des ancêtres, mais de tout ce qu'ils ont aimé et vénéré.

En réalité, c'était un effort puissant pour retrouver et renouer la chaîne qui rattache le présent aux âges anciens, la vie moderne à la vie d'autrefois, l'âme des ancêtres à l'âme des vivants.

On peut dire que le mouvement qui, depuis une douzaine d'années, a poussé l'Allemagne à se passionner pour la *Heimatlitteratur*, n'est que le prolongement de l'impulsion puissante donnée, il y a cinquante ans, par l'auteur de *Mirèio*.

CHAPITRE VIII

PROGRÈS DU FÉLIBRIGE EN FRANCE ET EN ESPAGNE

Après le succès de *Mireille,* tous les poètes provençaux qui avaient quelque talent se groupèrent autour de Mistral. C'était d'abord leur maître à tous, ROUMANILLE, le gracieux poète et le conteur aimable des *Oubreto* en vers et en prose, le peintre incomparable des coutumes locales. C'était ensuite AUBANEL, le coloriste ardent, l'auteur passionné de la *Grenade entr'ouverte* et des *Filles d'Avignon,* le dramaturge puissant du *Pastre* et du *Pain du Péché,* qu'un écrivain tel que Paul Arène n'a pas craint de traduire en français. A côté d'eux travaillaient FÉLIX GRAS, mort trop jeune après avoir fait revivre la chanson de geste et le romancero provençal, ANSELME MATHIEU, cigale insouciante et charmeur pénétrant. Puis vinrent LANGLADE, le peintre de la vie rurale, le poète patriote AUGUSTE FOURÉS, le dernier Albigeois, ROUMIEUX et ACHILLE MIR, les chansonniers populaires de Montpellier et de Carcassonne, JOSEPH ROUX, l'auteur épique du Limousin, qui composa les *Pensées* provençales, et même un Irlandais tel que BONAPARTE WYSE, qui apporta au Félibrige sa brillante imagination cosmopolite.

Mistral cherchait à donner aux efforts isolés l'unité indispensable à un mouvement littéraire qui doit durer. Il chercha à gagner à sa cause les frères d'Espagne. Dans l'*Ode aux Catalans* (1859) et dans le *Chant de la Coupe* il scella l'alliance des Provençaux et des Catalans; il leur envoyait, par l'intermédiaire de l'*Armana,* ses meilleurs souhaits :

> Pour la gloire du pays,
> Vous enfin, nos collaborateurs,
> Catalans, de loin, ô mes frères,
> Tous ensemble, unissons nos efforts.

Dans une allégorie véhémente, et souvent mal interprétée, de la *Comtesse*, il mettait en lumière les inconvénients de la centralisation napoléonienne à une époque où il fallait un certain courage pour attaquer l'œuvre du conquérant de l'Europe.

Désormais les Félibres ne se contentaient plus d'exister. Conscients de leurs forces, ils attaquaient leurs adversaires. Les discours de Mistral aux jeux floraux d'Apt (1862) furent la première sortie officielle du nouveau parti, qui rédigea alors ses premiers statuts. Dès 1868, la presse parisienne fut convoquée au *Congrès de Saint-Rémy*, où les Catalans accoururent à l'appel de leurs frères d'armes pour travailler avec eux à l'œuvre commune. Et le vœu de Mistral, dans l'un des premiers almanachs provençaux, tendait à se réaliser : « Belle langue provençale, disait-il, serais-tu le lien destiné à relier en faisceau les trois gerbes de la race latine, France, Espagne, Italie. »

CHAPITRE IX

CALENDAL OU LES REVENDICATIONS DU FÉLIBRIGE

Ainsi, le Félibrige de Roumanille devenait peu à peu le *Félibrige national* de tout le Midi. « Il fait tache d'huile; il se répand de plus en plus », lisons-nous dans l'*Armana*; désormais ce recueil va s'adresser « *en tout lou pople dôu Miejour* ».

La seconde grande épopée de Mistral, *Calendal* (1867), marque ce nouveau progrès de la littérature provençale.

Mirèio, c'était l'apologie de la Provence, le poème de la Crau, de la Camargue et du Rhône; *Calendal*, c'est l'épopée du Midi, le chant de la montagne et de la mer. Comme l'a dit l'un des meilleurs amis de Mistral, dans l'un des jugements définitifs dont il a le secret, « *Mireille*, c'était *le miel vierge*, le miel de ces petites combes des Alpilles pareilles aux vallons de l'Hymette, *Calendal* est *la moelle du lion*, du symbolique Lion d'Arles que le poète a célébré » (1).

Ici, en effet, Mistral devenait agressif. Il suffit de rappeler le sujet même du poème pour marquer le changement de front qui s'est opéré entre les deux œuvres (2). Un jeune et pauvre pêcheur, Calendal, conquiert par son héroïsme le cœur d'Estérelle, la noble fille des princes des Baux. Mais la jeune princesse n'est plus libre. Elle a un maître, un tyran, un époux. C'est le comte Sévéran, qui habite loin d'elle, dans la froide région des mon-

(1) P. Mariéton, *Poètes provençaux contemporains*, Paris, sans date, p. 2.

(2) Cependant, même dans *Mireille*, quelques vers qui ont été supprimés par l'éditeur et qui n'ont jamais été rétablis dans le poème, résonnaient

tagnes. Cet homme n'est qu'un chef de brigands, qui avait surpris la bonne foi de la noble jeune fille; mais sa ruse et son infamie avaient été bientôt découvertes, et la mariée, prenant son époux en horreur, s'était enfuie, le jour même des noces. Il n'y a jamais eu entre eux d'union véritable. Pour briser le lien qui attache la victime au bourreau, Calendal court provoquer le comte. Il le trouve en chasse, « avec ses estafiers et ses drôlesses », profanant au milieu des orgies les trésors dont il a dépouillé la princesse. Pour piquer son rival et pour l'humilier, Calendal se décide à révéler sa vie, ses aventures et ses amours... Le jeune homme termine son récit par une radieuse échappée d'amour pur, et le comte l'invite à son castel, dans le but de corrompre sa vertu. Il lui offre un repas sardanapalesque. Mais Calendal, indigné, brave tous les convives et défie Sévéran. Voilà enfin la lutte tant désirée qui s'engage. Seul, le jeune héros soutient l'effort des bandits. « A foison le jeune dieu fait pleuvoir les rochers comme un orage. » Qui pourrait lui résister? « Son adversaire périt de male mort... et Calendal triomphe dans l'amour et dans la gloire. »

Le sens de ce mythe est facile à deviner. Estérelle est la Provence, et Calendal représente le Peuple de cette province qui ne s'appartient pas et qui veut la posséder. Les persécuteurs d'Estérelle, ce sont les envahisseurs de cette terre méridionale.

On comprend maintenant que ce poème ait été considéré comme une provocation et pourquoi il ne fut pas accueilli, dans le reste de la France, avec autant de sympathie qu'en Provence.

comme un reproche ou un regret à l'adresse de la France du Nord, souveraine de la Provence vaincue.

Tels ces vers caractéristiques :

> *Venguèron, traite, à toute bando...*
> Vinrent, traîtres, à toute horde,
> *Sagata la Prouvènço et lou Comte Ramoun.*
> Egorger la Provence et le comte Raymond.

que Mistral a dû remplacer par les termes moins agressifs :

> *Venguèron, zoù, à toute bando...*
> Vinrent, *impétueux*, à toute horde...

A la foule des cœurs aimants et simples répondait la passion de *Mirèio*; aux patriotes de Provence s'adressait la fière épopée de *Calendal.*

Le symbolisme héroïque du poème et la chaleur des revendications de Mistral au nom de sa race et de sa petite patrie firent éclore une sorte de patriotisme local mêlé de mysticisme; et l'on a pu dire avec raison que ce second poème créa la *religion félibréenne,* comme le premier avait consacré les droits à l'existence de la langue et de la littérature provençales.

A Nîmes et à Alais, la religion nouvelle gagnait des partisans tels que Louis Roumieux et Albert Arnavielle. A Montpellier, le baron Tourtoulon créait avec quelques amis une *Société pour l'étude des langues romanes,* dans le but d'étudier scientifiquement la langue d'oc. Dès lors, les lettrés et les hommes de science, longtemps hostiles ou indifférents, furent gagnés à la cause de Mistral. De *Catalan-provençal,* le mouvement devenait *latin.* Les autres nations européennes ne tardèrent pas à lui donner *la consécration internationale.* Dès 1874, les grandes fêtes du centenaire de Pétrarque réunirent à Avignon les délégués de l'Allemagne, de l'Autriche, de la Belgique, de la Hollande et de l'Angleterre à ceux de l'Espagne et de l'Italie. Quatre ans plus tard, les *Fêtes latines* de Montpellier (1878), où la jeune femme de Mistral fut proclamée reine du Félibrige, prouvèrent que le mouvement primitif, international depuis 1874, tendait à prendre un caractère social. L'évolution rêvée par Mistral était terminée.

CHAPITRE X

LES TRAVAUX HISTORIQUES ET PHILOLOGIQUES

Cependant le poète de Maillane continuait à travailler. *Lis Isclo d'or* (*Les îles d'or*), de 1875, étaient une nouvelle apothéose du « Pays du Soleil ». Son génie s'y manifestait dans sa variété inépuisable et dans sa sereine puissance. Il devenait de plus en plus le représentant d'une race et d'un peuple. Aussi, quand le Félibrige s'organisa à Avignon, selon les usages antiques, le poète fut-il proclamé *Capoulié* (grand maître) de la Fédération littéraire du Midi. Il devenait le chef d'une véritable croisade littéraire des races méridionales pour reconquérir l'ancienne dignité de la langue d'oc et de sa littérature.

Pour ajouter à l'appui des travaux philologiques la consécration des études historiques, Mistral composa un poème historique dans le genre des épopées chevaleresques de la Renaissance. De forme plus légère que *Calendal*, *Nerto* est une chronique poétique d'histoire provençale de l'époque où les papes séjournaient à Avignon. « Après s'être vu comparer à Homère et à Théocrite, il évoquait maintenant, s'écrie Paul Mariéton, le charme fuyant d'Arioste. » L'Académie française ayant couronné *Nerto*, comme jadis *Mirèio*, Mistral entreprit un voyage à Paris qu'il n'avait pas revu depuis vingt ans ; son but était de célébrer solennellement le quatrième centenaire de la réunion de la Provence à la France, pour montrer aux yeux de tous combien on avait eu tort de l'accuser de vouloir amener la petite patrie à se séparer de la grande. Mais, ce qu'il tenait à rappeler et à maintenir, c'était les termes mêmes du contrat de 1484, selon lequel la Provence est réunie à la France, « non comme un accessoire à un principal, mais comme un principal à un autre principal ».

A mesure que le mouvement provençal s'étendait, le besoin d'un *dictionnaire* complet et rigoureusent scientifique se faisait plus vivement sentir. Ce fut, avec la création du ***Musée Arlaten***, l'œuvre la plus considérable du poète arrivé à l'âge mûr, le *Trésor du Félibrige*. Dans cet admirable inventaire d'une langue jadis illustre ont été recueillis, avec une patience et un soin admirables, les termes spéciaux, les proverbes populaires de la Provence, les expressions familières ou littéraires de la langue d'oc, le tout illustré d'exemples nombreux tirés des écrivains du Midi. D'un bout à l'autre de cette œuvre immense, on sent que l'auteur n'a pas seulement travaillé dans les livres : il a interrogé les vieux et les petites mères, les gars et les jeunes filles, et il a recueilli sur leurs lèvres le langage national, héritage sacré des ancêtres.

CHAPITRE XI

DERNIERS POÈMES

LA TRAGÉDIE DE LA REINE JEANNE ET L'ÉPOPÉE DU RHÔNE

Ces recherches philologiques n'empêchaient pas Mistral de travailler à des œuvres originales. En 1890 paraissait une tragédie provençale, *La Rèino Jano,* à laquelle le poète songeait depuis longtemps et dont le sujet lui tenait fort à cœur. C'est une « suite » lumineuse d'évocations de la Provence du XIVe siècle. La monotonie de l'alexandrin y est heureusement interrompue par des strophes lyriques en l'honneur de la Provence. Par la conception de l'ensemble, par la beauté des détails, cette œuvre est digne des précédentes. Il faut avoir assisté à la représentation de cette tragédie patriotique au théâtre romain d'Orange, il faut avoir été témoin de l'enthousiasme qu'elle suscite parmi les foules, pour comprendre la puissance du souffle qui l'anime. Mais il n'est pas étonnant qu'une telle tragédie, pénétrée de patriotisme local, remplie de locutions familières, d'allusions inintelligibles pour des étrangers, n'ait pas remporté à Paris le succès qu'elle obtint en Provence. Il est des œuvres littéraires qu'il vaut mieux ne pas arracher au sol où elles sont nées et au milieu pour lequel elles ont été composées.

Cependant Mistral était infatigable. Tout en restant le chef du mouvement provençal, présidé officiellement par Roumanille et, après sa mort, par Félix Gras, le poète travaillait à un nouveau poème qu'il porta en lui pendant sept ans comme *Mirèio.* Après avoir glorifié le pays natal, il voulut célébrer le fleuve national qui lui donne la fécondité et la vie. Tel est le but du *Poème du*

Rhône (1897), le plus travaillé et le plus épique des chants de Mistral.

Toutes les traditions de la province revivent dans ce poème, aussi vivantes, aussi éternelles que le grand fleuve lui-même. Le Rhône personnifie en quelque sorte le génie de la race qui s'est développée sur ses rives. Et en même temps, il est le symbole du génie de Mistral. Car, lui aussi, il est actif, fécondant, infatigable. Et surtout, avec sa nostalgie des Alpes étincelantes qui lui ont servi de berceau, il est le symbole des regrets du passé; au milieu du labeur ininterrompu de la vie, il rêve des âges anciens et conserve pieusement le culte du souvenir.

CHAPITRE XII

CARACTÈRE DE MISTRAL ET RÉSUMÉ DE SON OEUVRE POÉTIQUE

En même temps rêveur et actif, épris de poésie et de vie réelle, amoureux du passé et soucieux de répandre un rayon de joie et d'espérance dans la vie présente, tel nous apparaît Mistral dans les *Mémoires,* où il évoque, sous une forme nouvelle, toute la poésie de la Provence et le charme que peut avoir la vie pour ceux qui, comme lui, savent la vivre simplement, gaiement, avec un cœur aimant.

Le développement harmonieux de toutes les facultés, voilà ce qui caractérise le grand poète aux yeux du critique impartial. Peu d'hommes ont su aussi bien que lui se fixer un but dans la vie et le poursuivre sans défaillance et sans faiblesse d'un bout à l'autre de leur carrière.

Ce caractère harmonieux entre tous d'un homme et d'une race, voilà aussi ce que viennent de célébrer la Provence, la France entière et les nations amies ou alliées, dans ces inoubliables fêtes du cinquantenaire de *Mireille.*

En glorifiant par le bronze un homme modeste et fier qui incarne l'esprit et le cœur d'une race, la France a élevé un monument au génie méditerranéen ou latin, dominé par le sens de l'ordre et de l'harmonie, dont l'idéal unit la réalité au rêve, le sens pratique à la poésie, la vérité objective aux appréciations personnelles.

Les autres nations européennes l'ont bien compris, et voilà pourquoi elles sont venues apporter leurs hommages au rénovateur de la poésie provençale.

Frédéric Mistral — et c'est par là qu'il est vraiment le Maître, le chef d'orchestre d'un peuple vibrant — a construit son œuvre entière selon cet idéal d'harmonie, autant que selon son idéal personnel de liberté régionale. Autant que quiconque, il a restauré les belles lettres, même françaises, et remis en honneur le sens du classicisme. *Mireille*, les *Iles d'or*, le *Poème du Rhône*, les *Mémoires* sont, dans la seconde partie du XIXe et au commencement du XXe siècle, les plus beaux exemples de ce parallélisme toujours équilibré entre le réel et l'idéal, qui est la méthode traditionnelle du génie méditerranéen, la méthode d'où part l'harmonie.

Le grand poète s'en est bien rendu compte, lorsque, dans un discours ému qui partait du cœur et qui allait droit au cœur des auditeurs, il s'écriait, en réponse aux ovations populaires : « Cette fête n'est pas seulement la fête du félibre de Maillane, la fête de Frédéric Mistral, *c'est la fête de la Provence, la fête du Midi, la fête de la poésie populaire, la fête de la France entière.* ...Vive la race de Provence! et vive la belle France, mère de la Provence! »

Avoir réveillé dans le cœur des hommes les sentiments d'amour pour la terre natale, pour les beautés de la nature, pour le bien sous toutes ses formes, tel est le résumé de l'œuvre de Mistral.

Il a su évoquer, mieux que personne, les nobles figures des ancêtres, représentants de l'ancienne civilisation provençale et mainteneurs des traditions nationales et poétiques. Il a su peindre, mieux qu'aucun autre poète contemporain, l'émouvante beauté des sites provençaux, qu'il sent immuables et dont il décrit avec recueillement la noblesse. Merveilleux peintre de paysage, coloriste incomparable, il sait décrire en quelques lignes les collines boisées de l'Estérelle et les horizons déserts de la Crau, le chant des cigales sur la ramée et les courbes gracieuses des « callanques » méditerranéennes, les vagues dorées des blés mûrs et la verdure naissante de la Camargue, où les rayons d'un éblouissant soleil font deviner des lacs et des palais imaginaires.

Et les héros qui animent ces paysages sont décrits avec une vie, un naturel et un art bien dignes du cadre où le poète les a placés. A côté des gracieuses figures d'Estérelle, de Mireille, de l'Anglore, si fraîches et si fines sous leur chevelure de lumière, il sait esquisser en traits énergiques les mâles visages des jouvençaux qui, rudes ou sentimentaux, recherchent et courtisent ces jeunes filles de Provence. Sous leurs grossiers vêtements de paysans, avec leurs mains calleuses et durcies par le manche de la charrue ou par le frottement des osiers, ces rustiques villageois de Mistral ont des aspirations poétiques, chevaleresques parfois, et nous sentons battre dans leurs cœurs les sentiments qui font les héros.

En notre siècle réaliste et pratique, il est certainement encourageant et réconfortant de voir qu'un poète idéaliste et chaste, épris d'idéal et de pure beauté, a pu réunir les acclamations de tout un peuple. Car Mistral n'a jamais cédé au goût du jour pour la littérature scabreuse. Il a toujours considéré la mission du poète comme un apostolat. « Lorsqu'on a, écrivait-il à un jeune poète qui lui avait envoyé une traduction de *Magali*, ou qu'on croit avoir, comme nous autres poètes, la mission de faire vibrer dans le cœur des hommes les sentiments d'amour, de beauté, de patrie, on est heureux de recevoir les applaudissements des jeunes, parce qu'en ces matières ils sont seuls compétents (1). »

Quant à la langue, Mistral trouva dans la souplesse et dans la sonorité du provençal — à la fois chantant et rude — l'instrument le plus favorable à l'expression d'une pensée qui réclamait les nuances les plus délicates et les musicales harmonies. Par cette langue claire, sonore et infiniment harmonieuse, le poète de *Mireille* sut exprimer dans toute leur force et dans leur pittoresque fraîcheur les innombrables aspects d'une nature essentiellement mouvementée et diverse. Dans des descriptions pitto-

(1) Lettre inédite de Mistral à M. Ferdinand Castel, du 6 avril 1865.

resques et définitives, il fixe pour toujours ces gracieux paysages dont la beauté provient autant des formes du sol et des horizons que de leur vive coloration et de leurs nuances infiniment variées, et il donne ainsi à la terre provençale son expression propre, son charme particulier et son vrai caractère.

CONCLUSION

Aujourd'hui, les rivalités et les jalousies entre « Franchimants » et Provençaux se sont enfin apaisées. La littérature du Midi s'est épanouie librement et sans porter ombrage à sa sœur du Nord.

Sian de la grando Franço,
E ni court ni coustié !

Nous sommes de la grande France,
Franchement et loyalement !

Tel est le cri du cœur qui échappe actuellement à tous les Félibres du Midi.

Comme le disait fort bien M. Dujardin-Beaumetz aux fêtes d'Arles, « la France n'a pas demandé à ses enfants d'oublier le passé ; elle en revendique les gloires. La diversité même des tempéraments et des âmes a augmenté son rayonnement et sa force — car elle les a indissolublement liées dans son admirable unité. Tous ont apporté à la patrie commune leur enthousiasme pour les idées généreuses, pour la liberté, la fraternité ou la justice, et, avec la foi, dans les destinées de la France, le courage pour la défendre. »

On a compris que le vrai patriotisme n'exige pas l'immolation du patriotisme local et le sacrifice des langues et des littératures provinciales. Les peuples divers de la grande nation, dont l'évolution historique et la formation géographique ont fait des frères, Provençaux et Bretons, Basques et Picards, Gascons et

Lorrains, peuvent aimer leur terre natale et parler l'idiome de leurs pères sans commettre le crime de lèse-patrie. Le mot prophétique de Villemain à l'apparition de *Mireille* s'est réalisé : *La France est assez riche et assez grande pour avoir plus d'une littérature.*

TABLE DES MATIÈRES

MARC MICHEL IMPRIMERIE DE
REY BOUILLON
W
M. WEISSENBRUCH
IMPRIMEUR DU ROI
BRUXELLES

www.ingramcontent.com/pod-product-compliance
Lightning Source LLC
LaVergne TN
LVHW012012160826
845678LV00002B/796

* 9 7 8 2 3 2 9 6 8 1 6 6 5 *